문학과지성 시인선 19

# 이 땅에
# 씌어지는 서정시

## 오규원 시집

문학과지성사

**문학과지성사에서 펴낸 오규원의 시집**

왕자가 아닌 한 아이에게(1978; 개정판 1995)
가끔은 주목받는 生이고 싶다(1987; 개정판 1994)
사랑의 감옥(1991; 개정판 1995)
길, 골목, 호텔 그리고 강물소리(1995)
한 잎의 여자(시선집, 1998)
토마토는 붉다 아니 달콤하다(1999)
오규원 시전집 1·2(2002)
새와 나무와 새똥 그리고 돌멩이(2005)
두두(2008)
나무 속의 자동차(동시집, 2008)
분명한 사건(시인선 R, 2017)

**문학과지성 시인선 19**

**이 땅에 씌어지는 서정시**

초판  1쇄 발행 1981년 11월 30일
초판 14쇄 발행 1999년  8월  2일
재판  1쇄 발행 2016년  8월 29일
재판  4쇄 발행 2024년  6월 25일

지 은 이  오규원
펴 낸 이  이광호
펴 낸 곳  ㈜문학과지성사

등록번호  제1993-000098호
주    소  04034 서울 마포구 잔다리로7길 18(서교동 377-20)
전    화  02)338-7224
팩    스  02)323-4180(편집)  02)338-7221(영업)
전자우편  moonji@moonji.com
홈페이지  www.moonji.com

ⓒ 오규원, 1981, 2016. Printed in Seoul, Korea

**ISBN  978-89-320-2887-3 03810**

이 도서의 국립중앙도서관 출판예정도서목록(CIP)은 서지정보유통지원시스템 홈페이지
(http://seoji.nl.go.kr)와 국가자료공동목록시스템(http://www.nl.go.kr/kolisnet)에서
이용하실 수 있습니다. (CIP제어번호: CIP2016019574)

문학과지성 시인선 19

# 이 땅에 씌어지는 서정시

오규원

**일러두기**

1. 이 책은 오규원의 『이 땅에 씌어지는 抒情詩』(문학과지성사, 1981)의 개정판이다.
2. 수록 시의 경우, 현행 국립국어원 〈표준국어대사전〉의 맞춤법과 띄어쓰기 용례를 따랐다. 초판 발행 당시 편집상의 오탈자는 바로잡았다.
3. 입말, 사투리, 외래어 등은 발표 당시의 사회상과 시적 분위기를 고려하여 대부분 원문을 살렸다. 제목을 포함한 초판의 한자어는 반드시 필요한 경우에는 한글(한자) 병기를, 그 밖에는 모두 한글로 옮겼다.

벽은 숨을 쉬려고 하는 게 아니라
굳어지려고 하는 생리를 가지고 있다.
그래서 벽은 언제나 주검의 냄새가 난다.

길을 가다가 보면 길과 발이 서로 배가 맞아
저희들끼리 잘도 갈 때가 있다.
이럴 때, 저희들의 몸뚱이를 완전히 잊어버리는 게
근사한 경우가 있고, 그 반대의 경우도 있다.
신념과 신명의 갈림길―
나무아미타불 관세음보살, 하느님, 아니면 아무라도 좋으니,
공자, 맹자, 노자여, 우리를 어여삐 여겨
무지하고 무죄한 저희들에게
이 표지판 하나만이라도 허락하소서.

말을 사랑하는 사람은 말을 사랑하지 않고
말과 말의 사이에 있는 골짜기를 사랑한다.
사랑은 그 골짜기가 높고 험할수록 깊다.
말을 사랑하는 사람과 말에 미친 사람의 차이는
그 골짜기의 길을 얼마나 알려고 하느냐에 있다.

―이 시집을 내면서 이렇게 시대·삶·길·말을 생각해본다.
4부의 작품은 먼저 시집을 내면서 빠뜨렸던 것들을
좀 손보아 넣은 것이다.

1981년 10월
오규원

# 이 땅에 씌어지는 서정시

차례

**시인의 말**

**I. 1981**

I. 1981

# 상사뒤야1

바람은 늘 길로 다닌다
바람이 가고 난 뒤에
　—얼럴럴 상사뒤야

비로소 우리가 길이었구나
하는 그 길로
　—얼럴럴 상사뒤야

안 흔들리려고 하면
흔들린다
　—얼럴럴 상사뒤야

안 흔들리려고 하지 않으면
그때라야 안 흔들린다
　—얼럴러 내기럴꺼

# 상사뒤야2


풀잎이 바람에
귀를 갈며
　—얼럴럴 상사뒤야

그렇게 산 시대가
있긴 있었지
　—얼럴럴 상사뒤야

그러나 지금은 귀로
귀를 갈며 산다
　—얼럴럴 내기럴꺼

그거야, 물론 그렇지
머물고 싶어
　—얼럴럴 상사뒤야

그 자리에 머무는
사람도 있지

─ 얼럴럴 상사뒤야

머물고 싶지 않은 사람도
그 자리에 머문다
　　─ 얼럴럴 상사뒤야

다시 머물고 싶지 않은
머물음의 축제
　　─ 얼럴럴 내기럴꺼

머물며 귀를 갈며
머물며 떠나는 법도 법은 법이지
　　─ 얼럴럴 네미랄꺼

# 이 시대의 죽음 또는 우화

죽음은 버스를 타러 가다가
걷기가 귀찮아서 택시를 탔다

나는 할 일이 많아
죽음은 쉽게
택시를 탄 이유를 찾았다

죽음은 일을 하다가 일보다
우선 한잔하기로 했다

생각해보기 전에 우선 한잔하고
한잔하다가 취하면
내일 생각해보기로 했다

내가 무슨 충신이라고
죽음은 쉽게
내일 생각해보기로 한 이유를 찾았다

술을 한잔하다가 죽음은
내일 생각해보기로 한 것도
귀찮아서
내일 생각해보기로 한 생각도
그만두기로 했다

술이 약간 된 죽음은
집에 와서 TV를 켜놓고
내일은 주말 여행을 가야겠다고 생각했다

건강이 제일이지—
죽음은 자기 말에 긍정의 뜻으로
고개를 두어 번 끄덕이고는
그래, 신문에도 그렇게 났었지
하고 중얼거렸다

# 문

어느 집에나 문이 있다
우리 집의 문 또한 그렇지만
어느 집의 문이나
문이 크다고 해서 반드시
잘 열리고 닫힌다는 보장이 없듯

문은 열려 있다고 해서
언제나 열려 있지 않고
닫혀 있다고 해서
언제나 닫혀 있지 않다

어느 집에나 문이 있다
어느 집의 문이나 그러나
문이라고 해서 모두 닫히고 열리리라는
확증이 없듯

문이라고 해서 반드시
열리기도 하고 또 닫히기도 하지 않고

또 두드린다고 해서 열리지 않는다

어느 집에나 문이 있다
어느 집이나 문은
담이나 벽을 뚫고 들어가
담이나 벽과는 다른 모양으로
자리 잡는다

담이나 벽을 뚫고 들어가
담이나 벽과 다른 모양으로
자리 잡기는 잡았지만
담이나 벽이 되지 말라는 법이나
담이나 벽보다 더 든든한
문이 되지 말라는 법은 없다

# 골목에서

아이들이 골목에서 놀고 있다
나와 골목은 늘 골목 여기에서부터 길을 보고
아이들은 아무것도 바라보지 않고 놀고 있다
아무것도 바라보지 않는 저 눈이야말로
피곤해서 피곤해서 곧 눈을 뜰
가장 불길한, 가장 불길한 눈이다

아이들은 나 같은 구닥다리에게는 아무 관심도 없이
땅뺏기를 하고 줄넘기를 하고 그러면서도
하늘은 결코 바라보지 않고 열심히 놀고 있다
바라보는 것이 내 일이라면 그들은
나를 바라보지 않는 것이 자기들의 일인 양
흙 속에서 뒹굴고 있다
마치 적군을 앞에 두고 내일의 공격을 위장하는
전선의 하루같이 놀고 있다

나의 아버지와 나의 아버지의 아버지가
나의 적이듯 마땅히 나는 그들의 적이다

골목은 내일을 예감하든 못 하든 마찬가지고 고요
하고
시간이 시간을 안다는 것은 터무니없는
보수주의자들의 낙관론이다
시간은 시간을 생각하는 사람만의,
예감을 아는 사람만의 무게이다

가만히 바라보면 아이들은 모두
손에 보이지 않는 무엇을 하나 숨기고 있다
보이지 않는 것이 차갑게 빛나 마치
하늘의 별빛 같다 자세히 보면 별빛 같은 게 아니
라 죽음 같다

아이들이 놀고 있다 골목에서
바로 내 코앞에서 놀고 있다
저 끝이 없을 것 같은 아이들의 놀이,
저것이야말로 언젠가는 끝이 날
가장 불길한, 불길한 놀이이다

# 어둠은 자세히 봐도 역시 어둡다

1

어둠이 내 코 앞, 내 귀 앞, 내 눈 앞에 있다.
어둠은 역시 자세히 봐도 어둡다
라고 말하면 사람들은 말장난이라고 나를 욕한다.
그러나 어둠은 자세히 봐도 역시 어둡다.

어둠을 자세히 보면 어둠의 코도 역시 어둡고
눈도 귀도 어둡다.
어둠을 자세히 보는 방법은 스스로 어둠이 되는
길이라고 하기도 하고
어둠을 자세히 보는 방법은 거리를 두는 길이라고
하기도 하지만
어둠을 자세히 보는 방법은 뭐니 뭐니 해도
어둠이 어두운 게 아리나
어두운 게 어둠이라는 사실이다.

2

어두운 게 어둠이므로 어두운 날 본 모든 것은 어둠이다.

어두운 게 어둠이므로 어두운 날 본 꽃도 사랑도 청춘도 어둠이고

어두운 게 어둠이므로 어두운 날 본 태양도 어둠이다.

그러니까 어두운 것으로 뭉친 어둠은 어둡지 않는 날 봐도 역시 어둡다.


3

어둠은 어두운 것이라면, 만약 어둠이 어두운 것이라면,

그러므로 결국 어둠 외에는 어두운 게 아니다

라는 확신을 가져도 좋다고 친절히 내가 말해도

사람들은 나더러 말장난한다고 말한다.

# 우리 집의 그 무엇엔가

우리 집의 그 무엇엔가에
우리 집의 그 어딘가에 분명히
그것이 있기는 있다.
작은놈의 여린 숨통을 막는 이유가
집 안, 집 밖, 어디에 있는지
분명히 있기는 어딘가에 있다.

작은놈의 기관지 협착증은, 유전병이 아닌
작은놈의 숨통을 막는 기관지 협착증은
우리 집의 그 누구도 이유를 모른다.
담당 의사까지도 헛짚기만 한다.

식구들이 모두 잠든 어둠 속에서
막힌 숨통이 녀석을 깨우면
녀석의 눈은 고양이모양 은밀하게 번쩍인다.
소리도 없이 거실에 나타나서는
이곳저곳에 놓아둔 기관지 확장제를 찾아 먹는다.

그때마다 나는 잠을 깨고
그때마다 내가 할 수 있는 일은
함께 깨어 서성거리는 것뿐.
이런 나를 보고 녀석은 어른이 된다.
나의 아들이 나의 아버지가 되어
가서 자라고 나를 타이른다.

죽음이란 별게 아니다.
분명히 이렇게 있음을 알면서도
이렇게 헛짚기만 하는 일.
숨통이 막히어 손톱이 드디어 파래지면
아홉 살짜리도 죽음이 보이는지
목소리가, 목소리가
낮게 낮게 가라앉는다.

밝힐 수 없다고 해서 그것이
사실이 아니라고 말할 수 없듯
어딘가에 무엇인가에 그것이 있는지 모른다고 해서

우리 집에 그것이 없다고 할 수 없듯

이번에는 아홉 살짜리가 아니라
그것이, 보이지 않는 그것이
내 앞에 죽음을 앉힌다.

# 바람은 바람의 마음으로
── 발레리에게

바람이 분다, 살아봐야겠다─고 한 당신의 말 그
대로
바람이, 바람이 분다.

허나 인간인 당신에게는 인간인 다른 사람들에게
한 말과 마찬가지로밖에 할 수 없음을 용서하시라.

바람이 분다. 보라, 그러나 바람은 인간의 마음으
로 불지 않고
미안하지만 바람의 마음으로 바람이 분다.

# 두 풍경의 두 가지 이야기


1

동쪽 창문이 풍경을 하나 가지고 있다
서쪽 창문도 풍경을 하나 가지고 있다
창문에게는 창문끼리 서로
풍경을 바꾸지 않는 버릇이 있다
위태롭다, 위태롭다 ── 고 내가 말해도
창문에게는 풍경을 서로 바꾸지 않는 묘한 버릇이
있다

저 우스꽝스러운 창문
저 우스꽝스러운 고집
창문은 사람들이 그 속에 있거나 없거나
놀랍게도 아무 상관없는 표정이다

2

풍경을 아름답다고 하기 위해서는
풍경을 알거나 모르거나 간에 끝까지
풍경처럼 멀리 떨어져 보아야만 한다
가까이 가 보라, 가까이 가면 풍경은
풍경이 아니라 다른 존재가 된다
풍경 속에 들어가 보라, 풍경 속에서는
풍경은 사라지고 사물이 나타난다.

풍경을 아름답다고 하기 위해서는 끝까지
풍경이 풍경 아닌 것을 숨겨야 풍경인데
이것을 아는 풍경이 없다는 점이 아무래도 이상하
지만 사실이다
이것을 아는 풍경이 없다는 점이 정말 우습지만
풍경의 생명이다

풍경도 잠을 깰까, 하는 것은

꿈 많은 우리들의 희망이고
풍경도 사랑을 할까, 하는 것은
마음이 헤픈 우리들의 사랑이고
풍경도 절망을 알까, 하는 것은
즐거워라, 빌어먹을
절망하고 있는 우리들의 절망이다.

# 빈약한 상상력 속에서

1

어제 나는 술을 마셨고
마신 뒤에는 취해서 유행가
몇 가닥을 뽑았고, 어제
나는 술을 마셨고 그래서
세상이 형편없어 보였고, 또
세상이 형편없었으므로 안심하고
네 다리를 쭉 뻗고 잤다.

어제 나는 다른 때와 다름없이 정오에 출근했고
출근하면서 버스를 타고 옆에 앉은
여자의 얼굴을 한번 훔쳐보았고,
이 여자 또한 다른 여자와 마찬가지로
한 남자의 사랑을 받으리라는 점을
한 남자의 사랑을 받으면
이 여자의 눈에도 별이 뜨리라는 점을 확신했다.

나는 어제 버스가 쉽게 달리는 것을 느꼈고

쉽게 달리는 버스 때문에 이 시대의 우리들이 얼마나 무능한가를 느꼈고,

쉽게 달리는 버스 속에서 보아도

거리에 선 우리들의 상상력은 빈약해 보였고

그 옆에 선 아이들조차

다시 태어나리라는 상상력을 방해했고,

나는 다시 태어나기 위해

버스가 고장이 나기를 희망했다.

버스가 탈선되기를, 탈선의 장치의

거리가 준비되기를,

허락바은 사람들은 허락받은 냄새와 지랄의 아름다움을 위해

셋방이라도 하나 얻기를 희망했다.


이 모든 것을 사랑의 이름으로 나는 갈구했고, 그리고

사랑의 말에는 모두 구린내가 나기를 희망했다.

냄새가 나지 않는 사랑이란
맹물이라는 점을
우리는 너무 완벽하게 잊어버려서
이제는 떠올리기조차 너무나 먼
이제는 그 사실을 떠올리려면
셋방을 얻어주는 그 방법밖에 더 있겠느냐고
나에게 질문하며.


2


어제 나는 술을 마셨고
술과 함께 오기도 좀, 개뿔도 좀, 흰소리도 좀, 십
원짜리도 좀 마셨고
그러나 오늘 새벽 잠이 깨었을 때는
오기도 개뿔도 다 어디로 가고
후줄근히 젖은 시간이 구겨져 있었다.
구겨진 새벽의 창문과 뜰과

이웃집 지붕 위로
그만그만한 어제의 오늘 하루나 내복바람으로 나
를 보았고,
나는 일어나 있었고,
찬물을 한 사발 마신 후
오늘 하루 그것의 사랑에 박힌
티눈의 정체에게 안부를 나는 물었다.
카세트에 녹음된 금강경의 독경을
한 번 듣고, 뒤집어서
반야경을 한 번 듣고.

오늘 나는 오늘의 어제처럼 출근했고
출근하자마자 커피를 한 잔 마셨고
전화 두 통화를 받았고
전화 한 통화를 걸었다.
담배를 피워 물고 새삼 어제
집에 무사히 도착한 일을 신기해하며
아직도 서정시가 이 땅에 씌어지는 일을 신기해

하며
　아직도 사랑의 말에 냄새가 나면
　사랑이 아니라고 하는
　맹물 사랑의 신도들을 신기해하며.


　3


　내일 나는 출근을 할 것이고
　살 것이고
　사는 일이 사랑하는 일이므로
　내일 나는 사랑할 것이고,
　친구가 오면 술을 마시고
　주소도 알려주지 않는 우리의 희망에게
　계속 편지를 쓸 것이다.

　손님이 오면 차를 마실 것이고
　죄 없는 책을 들었다 놓았다 할 것이고

밥을 먹을 것이고
밥을 먹은 일만큼 배부른 일을
궁리할 것이고,
맥줏값이 없으면 소주를 마실 것이고
맥주를 먹으면 자주 화장실에 갈 것이고
그리고 이 모든 것을
사랑하며 만질 것이다.

보이지 않는 미래에게 전화도 몇 통 할 것이고,
전화가 불통이면
편지 쓰는 일을 사랑할 것이다.

# 그리고 그곳에는

그리고 그곳에는 아직도 시집이 나오고

그리고 그곳에는 아직도 유행가가 불리워지고

그리고 그곳에는 아직도 엿장수가 있고

말도 마라 그리고 그곳에는 아직도 밤낮이 있고

## 그들이 빛나지 않으므로

빛나지 않는 사람들이 살고 있다.
여기, 저기, 집에, 거리에
노래 속에. 꿈속에.
그들이 빛나지 않으므로
그들의 발이라도 빛났으면 하지만
그들의 발도 빛나지 않는다.
그들이 빛나지 않으므로
그들의 눈, 코, 귀, 입이라도 빛났으면 하지만
그들의 눈, 코, 귀, 입도
빛나지 않는

그들, 그들이라고 내가 부르면서
아무리 쳐다보아도
그들의 눈, 코, 귀, 입과
나의 눈, 코, 귀, 입이 닮았다.
닮았다고 내가 느끼는 순간
그들이 빛나지 않으므로
내가 그 옆에서 빛났으면 하지만

미안하게 나도 빛나지 않는다
빛나지 않음의 이름으로.

## 「꽃」의 패러디

내가 그의 이름을 불러주기 전에는
그는 다만
왜곡될 순간을 기다리는 기다림
그것에 지나지 않았다.

내가 그의 이름을 불렀을 때
그는 곧 나에게로 와서
내가 부른 이름대로 모습을 바꾸었다.

내가 그의 이름을 불렀을 때
그는 곧 나에게로 와서
풀, 꽃, 시멘트, 길, 담배꽁초, 아스피린, 아달린이
아닌
금잔화, 작약, 포인세티아, 개밥풀, 인동, 황국 등
등의
보통명사나 수명사가 아닌
의미의 틀을 만들었다.

우리들은 모두
명명하고 싶어 했다.
너는 나에게 나는 너에게.
그리고 그는
그대로 의미의 틀이 완성되면
다시 다른 모습이 될 그 순간
그리고 기다림 그것이 되었다.

# 빈자리가 필요하다

빈자리도 빈자리가 드나들
빈자리가 필요하다
질서도 문화도
질서와 문화가 드나들 질서와 문화의
빈자리가 필요하다

지식도 지식이 드나들 지식의
빈자리가 필요하고
나도 내가 드나들 나의
빈자리가 필요하다

친구들이여
내가 드나들 자리가 없으면
나의 어리석음이라도 드나들
빈자리가 어디 한구석 필요하다

# 우리 시대의 순수시

1

밤사이, 그래 대문들도 안녕하구나
도로도, 도로를 달리는 차들도
차의 바퀴도, 차 안의 의자도
광화문도 덕수궁도 안녕하구나

어째서 그러나 안녕한 것이 이토록 나의 눈에는
생소하냐
어째서 안녕한 것이 이다지도 나의 눈에는 우스꽝
스런 풍경이냐
문화사적으로 본다면 안녕과 안녕 사이로 흐르는
저것은 보수주의의 징그러운 미소인데

안녕한 벽, 안녕한 뜰, 안녕한 문짝
그것 말고도 안녕한 창문, 안녕한 창문 사이로 언
뜻 보여주고 가는 안녕한 성희(性戱)……
어째서 이토록 다들 안녕한 것이 나에게는 생소

하냐


2

진리란, 하고 누가 점잖게 말한다
믿음이란, 하고 또 누가 점잖게 말한다
진리가, 믿음이 그렇게 점잖게 말해질 수 있다면,
아, 나는 하품을 하겠다
세상엔 어차피 별일 없을 테니까


16세기나 17세기 또는 그런 세기에 내가 살았다면
나는 그 말에 얼마나 감동했을 것인가


청진동도, 그대 밤사이 안녕하구나
안녕한 건 안녕하지만 아무래도 이 안녕은 냄새가
이상하고
나는 나의 옷이 무겁다 나는

나의 옷에 묻은 먼지까지 무게를 느낀다
점잖게 말하는 점잖은 사람의
입속의 냄새와
아침마다 하는 양치질의 무게와 양치질한
치약의 양의 무게까지 무게를 느낀다.

이 무게는 안녕의 무게이다 그리고
이 무게는 안녕이 독점한 시간의 무게
미래가 이 지상에 있었다면 미래 또한
어느 친구가 독점했을 것을
이 무게는 미래가 이 지상에 없음을 말하는 무게
그러니까 이건 괜찮은 일—
어차피 이곳에 없으니 내가 또는
당신이 미래인들 모두 모순이 아니다

그대 잠깐 발을 멈추고, 그대 잠깐
사전을 찾아보라 보수주의란
현상을 그대로 보전하여 지키려는 주의

그대 잠깐 발을 멈추고, 그대 잠깐
사전을 찾아보라 아침의 무덤이 무슨 말 속에 누
워 있는지

말이 되든 안 되든 노래가 되든
안 되든 중요한 것은 진리라든지 믿음이라는
말의 옷을 벗기는 일
벗긴 옷까지 다시 벗기는 일
나는 나의 믿음이 무겁다
정말이다 우리는 아직도 패배를 승리로 굳게 읽는
방법을
믿음이라 부른다 왜 패배를
패배로 읽으면 안 되는지 누가
나에게 이야기 좀 해주었으면
그 믿음으로 위로를 받으려고 하는 사람들이여,
나에게 화를 내시라
불쌍한 내가 혹 당신을 위로하게 될 터이니까

3

어둠 속에 오래 사니 어둠이 어둠으로 어둠을 밝
히네. 바보, 그게 아침인 줄 모르고. 바보, 그게 저녁
인 줄 모르고.

진지를 진리에게 보내고
믿음을 믿음에게 안녕은
안녕에게 보내고 내가 여기 서 있다

약속이라든지 또는 기다림이라든지 하는 그런 이
름으로
여기 이곳의 주민인 우편함을 들여다보면

언제나 비어서 안이 가득하다
보내준다고 약속한 사람의 약속은
오랫동안, 단지 오랫동안 기다림의 이름으로 그곳
에 가득하고

보내고 안 보내는 건 그 사람의 자유니까
남은 것은 우편함 또는 기다림과 나의 기다림
또는 기다리지 않음의 자유
거리에는 바람이 바람을 떠나 불고
자세히 보면 나를 떠난 나도 그곳에 서 있다
유럽의 순수시란 생각건대 말라르메나
발레리라기보다 프랑스의 행복 수첩
말라르메는 말라르메에게 보내고 나는 청진동에
서서

발레리를 발레리에게 보내고
나는 청진동에 서서
우리나라에게 순수시, 순수시 하고
환장하는 이 시대의 한 거리에 내가 서서

4

비가 온다. 오는 비는 와도
오는 도중에 오기를 포기한 비도
비의 이름으로 함께 온다.
비가 온다. 오는 비는 와도
청진동도, 청진동의 해장국집도 안녕하고
서울도 안녕하다.

안녕을 그리워하는 안녕과 안녕을 그리워했던 안
녕과 영원히 안녕을 그리워할 안녕과, 그리고 다시
안녕을 그리워하는 안녕과 안녕을 다시 그리워할 안
녕이 가득 찬 거리는 안녕 때문에 붐빈다. 그렇지,
나도 인사를 해야지. 안녕이여, 안녕 보수주의여 현
상유지주의여, 밤사이 안녕, 안녕.

여관에서 자고 해장국집 의자에 기대 앉아
이제 막 아침을 끝낸

이 노골적으로 안녕한 안녕의 무게가
비가 오니 비를 떠나 모두 저희들끼리 젖는데
나는 나와 함께 아니 젖고
안녕의 무게와 함께 젖는구나.
그래, 인사를 하자. 안녕이여
안녕, 빌어먹을 보수주의여, 안녕.

II. 1980

# 마음이 가난한 자

성경에 가라사대 마음이 가난한 자에게 복이 있다
하였으니

2백 억을 축재한 사람보다 1백 9십 9억을 축재한
사람은 그만큼 마음이 가난하였으므로
　천국은 그의 것이요

1백 9십 9억 원을 축재한 사람보다 1백 9십 8억을
축재한 사람 또한 그만큼 더 마음이 가난하였으므로
　천국은 그의 것이요

그보다 훨씬 적은 20억 원이니 30억 원이니 하는
규모로 축재한 사람은 다른 사람과는 비교가 안 될
만큼 마음이 가난하였으므로
　천국은 얻어놓은 당상이라

돈 이야기로 시라고 써놓고 있는 나는 어느 시대
의 누구보다도 궁상맞은 시인이므로
　천국은 얻어놓은 당상이라

# 구멍

뚫린 구멍마다 뚫린 구멍이 있습니다.

구멍은 뚫린 곳에서부터 시작됩니다.

구멍 속은 구멍이 구멍을 비워놓고 없어 깜깜하기도 하고 구멍이 구멍을 들여다보느라고 들고 있는 거울에 하늘이 좀 들어와 있기도 합니다.

뚫린 구멍마다 마개가 있을 것 같아 찾아보면 모두 마개를 가지고 있습니다.

제일 잘 만들어진 마개를 가진 것은 마개를 버리고 온몸으로 마개가 되어 있는 구멍입니다.

그 구멍은 구멍이 스스로 꽉 차 있습니다.

2

뚫린 구멍마다 뚫린 구멍이 있습니다.

구멍은 뚫린 곳에서부터 시작됩니다.

사랑은 언제나 끝이 아니라 시작이므로 시작의 시작과 시작의 가운데와 시작의 끝이므로 사랑도

뚫린 곳에서부터 시작됩니다.

뚫린 구멍은 그러므로 뚫린 구멍의 끝이 아닙니다.

시작이니 끝이니 하고 내가 주워섬기고 있지만 시작도 끝도 사실은 다 뚫린 구멍이 스스로 마개가 되어 있는 스스로 텅 비워놓은 구멍입니다.

그러나 나는 존경하옵는 인간이 만든 말 가운데 가장 감동적인 이 '끝'이 어떻게 있는지 잘 지내는지 한번 만나보기 위해 뚫린 구멍의 존재와 뚫린 구멍을 사랑합니다.

아시겠지만

내가 사랑하므로 뚫린 구멍은 뚫려 있습니다.

# 거울
—다섯 개의 우화 1

누가 거울을 하이타이로 깨끗이 빨아버렸나 봅니다.

거울 속에 들어가 어디 사람이 없나 하고 '야호' 하고 소리를 지르니까 거울 속의 누가 내 소리도 하이타이로 빨아버립니다.

그래도 다시 '야호' '야호' 하니까 이번에는 하이타이로 빨아버린 소리를 보란 듯이 빨랫줄에 척척 걸어놓습니다.

거울 속은 닭 한 마리 울지 않는 대낮입니다. 거울 속에 들어간 내 얼굴도 하얀 빨래로 걸려 있습니다.

누가 내 얼굴을 혹시 빨래 뒤에 두었는가 싶어 뒤져보아도 없습니다.

나는 크레파스를 집어 들고 눈, 코, 귀, 입, 이렇게 차례로 내 얼굴을 다시 그립니다. 얼굴 뒤에다 우리

동네의 집도 몇 채 그립니다.

　내가 그린 얼굴은 그러나 눈은 이마에, 코는 턱에, 입은 이웃집 지붕에 그려집니다. 내 안에서 누가 붓 끝을 잡고 장난하는 까닭입니다.
　내가 웃으니까 이웃집 지붕에 붙어 있는 입이 웃습니다.

　이럴 때는 차라리 내 입이 웃는 게 아니라 이웃집 지붕에 붙어 있는 입이 웃는 것이 내 얼굴에도 어울립니다.

# 노래
—다섯 개의 우화 2

내가 사는 등촌동에는 노래 한 가닥이 밤이고 낮이고 이곳저곳 떠돌아다니는 것을 봅니다.

벌써 몇 년이 되었습니다.

가끔 그 노래 한 가닥은 내 이 층 창문을 열고 들어오기도 하고 나의 잠 속에 들어와 나의 잠을 가져가기도 하고 내가 우리 집에 심어놓은 몇 개의 까닭을 흔들다가는 그 잎을 데려가서는 소식이 없곤 했습니다.

벌써 몇 년이 되었습니다.

그 노래 한 가닥은 내 아에서 날이 갈수록 가락의 끝이 날카로워져 요즘은 내 몸 곳곳에 상처를 냅니다. 오늘은 노래가 지나간 길 여기저기에 긁힌 자국이 남아 노래가 가고 난 뒤 다시 보니 그 자국들이 하나하나 노래가 되어 풀밭을 헤치며 가고 있습니다.

어느새 내 안의 상처도 하나하나 노래가 되어 다른 노래와 함께 떠납니다. 노래가 되어 떠나간 자리를 더듬어보니 아직 태어나지 않은 노래들이 내 손을, 내 손을 참 싸늘하게 합니다.

# 우리 집 아이의 장난
## ─ 다섯 개의 우화 3

우리 집 작은놈이 뜰에 둥그렇게 원을 그려놓고
날더러 들어가보라고 합니다. 선 속에 내가 발을 들
여놓으니까 녀석은 낄낄 웃으며 이젠 갇혔다고 박수
를 칩니다. 나는 녀석의 실없는 장난을 웃으면서 한
발을 선 밖으로 내디딥니다. 순간, 왼쪽 무릎이 짜릿
하며 마비가 옵니다. 놀란 내가 발을 거두며 작은놈
을 쳐다보니 녀석은 마음 놓고 빙그레 웃습니다. 이
번에는 오른쪽 발을 조심스럽게 선 밖으로 옮겨봅니
다. 선을 넘기도 전에 이상한 마비 증상이 오른쪽 허
벅지를 타고 싸아 하고 올라옵니다. 멍해진 나는 선
의 속을 들여다봅니다. 선의 냉혈성(冷血性), 확실
함, 이의 없음, 일사불란함이 일렬도 서서 나를 향하
고 있습니다. 나는 우뚝 선 채 선과 쾌재를 부르는
녀석의 손뼉 소리 속으로 녀석의 다음 할 일을 재빨
리 읽어봅니다. 아니나 다를까 녀석이 그려놓은 선
의 한쪽을 잡아당기니까 선이 슬금슬금 나의 다리를
향하여 좁아듭니다.

당신의 믿음 또는 당신의 고정 관념이 그렇게 믿
으므로 선은 그렇게 언제나 당신이 아는 선으로 있
으려니 하지만

　　그것은 당신의 병(炳)입니다.
　　믿음 또는 고정 관념이란.
　　보십시오, 선은 움직입니다
　　존재하는 그때의 양식 그만큼
　　누가 움직이고 있는 그만큼.

# 공기
## —다섯 개의 우화 4


내가 해본 결과 공기가 잘려지지 않는다는 말은 진실이 아니었다. 내가 처음 시도한 갈에 공기가 한 조각 잘려졌을 때 나는 떨어져 나온 한 조각의 공기와 뻥 뚫린 공간 앞에서 이 사실이 꿈이 아니기를 떨면서 희망했고, 떨면서 다시 시험했다. 결과는 마찬가지. 진실이 진실이 아닌 것으로 바뀌는 순간은 이렇게도 짧아 나는 잠깐 행복으로 외출했다. 뻥뻥 뚫린 공간으로 불쑥불쑥 고개를 내민 다른 존재는 잊은 채 나는 짧고 까마득한 쾌감에 흔들렸다.

나는 진실로 공기가 잘려지지 않는 존재라고 믿고 있는 사람들에게 보여주기 위해 자른 공기 몇 조각을 들고 거리고 나갔다. 공기는 잘려진다! 공기는 잘려지는 존재다! 나의 말을 믿는 사람은 그러나 아무도 없었으므로 나는 그들의 머리며 가슴을 싸고 있는 공기를 현장에서 쓱쓱 잘라 내밀었다. 그들은 그러나 뻥 뚫린 공간을 보면서도 내 손에 들려진 조각은 공기가 아니라고, 아니라고 했다.

사실을 말하려고 하는 나는 만나는 사람마다 공기를 잘라 보였고, 만나는 사람마다 그러나 아니라고 했고, 나는 그러나 그때마다 아니라고 팔을 휘둘러 공기를 잘라내며 그 사람들의 공간에 구멍을 여기저기 뚫어

　내가 한 일이 잘한 일인지 어쩐지 몰라도 그때마다 사람들은 어둠을 한 바가지씩 얻어 갔다.

# 시계와 시간
—다섯 개의 우화 5


　시계가 기계적으로 시간을 재깍재깍 만들어 시계 밖으로 내쫓습니다.

　내쫓긴 시간은 갈 곳이 없어 시계 밑으로 펼쳐진 절벽으로 털썩거리며 떨어집니다.

　시계가 매달린 벽면 한쪽은 중심을 잃고 낙하하는 시간의 형상으로 새까맣습니다.

　재깍, 재깍, 재깍……
　털썩, 털썩, 털썩……

　시계가 기계적으로 질서정연하게 시간을 죽이고 있습니다.

　시계가 시간을 죽이다니 이상한 일로 보이지만 따지고 보니 시계는 시간을 낳는 일밖에 모르기 때문입니다.

# 7월 소묘

요즘은 집장수들도 돈이 잘 돌지 않는 모양입니다
집을 짓다 만 빈터에는 벽돌들이 자주 낮잠을 즐
깁니다.

집장수들의 발길이 뜸해진 곳의 능갱이는
벌써 키가 내 배꼽까지 자라
바랭이며 쇠스랑개비를 한참 위에서 내려다봅니다.

오른쪽 귀가 간지러워 나가 보면 그곳엔
기적처럼 늘 찌그러진 담배꽁초가 한두 개 더 늘
어 있습니다.

오늘은 조숙한 코스모스 몇 놈이 꽃을 피우고는
가을의 귀를 서둘러 잡아당기고 있습니다.

두두콘 · 아이차바 · 호메이니 · 아얀데간
쮸쮸바 · 바밤바 · 호메이니 · 아얀데간

코스모스 밑에는 아이들 대신

아이차바 껍데기가 모여 앉아 바람을 기다리고 있
습니다.

## 당신에게 남겨놓은 자리

하느님은 남겨놓았습니다.
나뭇가지에는 나뭇잎 돋아날 자리
뜰구석에는 아이들이 쉬할 자리

하느님은 또 남겨놓았습니다.
지붕 위에는 참새들이 대변 볼 자리

너무 걱정 마십시오 공평하신 하나님은
당신에게도 한 가지 남겨놓았습니다.

주민등록부에 당신의 이름과 생년월일을 써넣을
한 줄의 자리

# 죽고 난 뒤의 팬티

가벼운 교통사고를 세 번 겪고 난 뒤 나는 겁쟁이
가 되었습니다. 시속 80킬로만 가까워져도 앞 좌석
의 등받이를 움켜쥐고 언제 팬티를 갈아입었는지 어
떤지를 확인하기 위하여 재빨리 눈동자를 굴립니다.

산 자도 아닌 죽은 자의 죽고 난 뒤의 부끄러움,
죽고 난 뒤에 팬티가 깨끗한지 아닌지에 왜 신경이
쓰이는지 그게 뭐가 중요하다고 신경이 쓰이는지 정
말 우습기만 합니다. 세상이 우스운 일로 가득하니
그것이라고 아니 우스울 이유가 없기는 하지만.

# 공중전화

어이 이봐 이거 공중전환데, 이리루 잠깐 얼굴 내밀 시간 없어? 어디냐구? 강서구청 뒤야. 땅에 포원이 진 서울 사람들이야 믿기 힘들겠지만 여긴 시골 학교 운동장 같은 빈터가 있어. 아냐, 그런 이야기가 아니구, 요즘 내가 신경이 좀 이상하다구? 이런! 아니 글쎄(이건 유행가 제목이군) 그 이야기구 아니구 잡풀 그래 잡초 말이야. 여긴 그게 많단 말이야.

이런 빌어먹을. 여긴 내가 매일 좀 앉았다가 가는 장소거든. 답답해 미치겠어. 잡풀에게도 이름이 있을 게 아냐? 아니 이것 봐, 이름을 알아야 불러내어 말이라도 좀 해볼 것 아냐? 뭐라구? 지랄한다구! 그래 지랄이야 하든 말든 좋아. 넌 농림학교 출신이지? 식물도감이 틀려! 식물도감이 엉터리라구. 뭐라구? 잡풀은 잡풀이라구? 이런 빌어먹을. 아니 이 세상에 이름이 없는 게 어디 있어! 글쎄, 나 원, 아니 그럼 대중도 사람 이름이냐? 군중도, 시민도, 행인도? 이거 나 참!

65

# 제주도

　비행기를 타고 담배 두 대를 피우면 내린다 제주
도에. 그러나 그곳은 세주도가 아니다.
　바다는 좀처럼 제주도를 보여주지 않는다. 기다림
이란 실체를 삭제해버린 비행기의 시간, 고통의 다
른 이름이 무엇인지 모르는 비행기의 시간 앞에 수
평선은 윗도리 단추를 단단히 잠그고 젖꼭지 하나
보여주지 않는다.
　그러나 어느 날, 노래미건 도다리건 가재미건 또
무엇이건 바닷고기 한 마리가 문득 사랑스러운 얼굴
로 다가올 때, 그때 당신은 비로소 보게 되리라.
　윗도리 단추를 따고 젖가슴을 내놓고 아랫도리까
지 다 벗고 당신에게 오는 바다, 그 바다의 음모(陰
毛)인 제주도.

# 내 머릿속까지 들어온 도둑

나뭇잎이 흔들리는 소리가 보인다
나뭇잎과 나뭇잎의 밤 사이로
밤의 길을 만드는 소리가 보인다
도둑의 길이 보인다

그는 주인인 나를 보고
잠이나 자지 무엇 하느냐고
의아해한다.
당신이 잠들지 않으면
훔치기 미안하지 않느냐고
잠이 오지 않으면 눈이라도 감아야 하지 않느냐고
놀란 얼굴을 해 보인다

억지로 눈을 감고 있어도
들릴 것 다 들리고 보일 것 다 보인다
살아 있는 것들이 모두 눈을 가늘게 뜨고 보고 있
는 모습이

도둑이 내 머릿속을 뒤지는 소리가
내 머릿속을 뒤져서

도둑이라는 말을 없애는 소리가
도둑이라는 말을 없애고
다른 말을 집어넣는 소리가
들린다 다 들린다

# 보이는 것과 보이지 않는 것

누가 내 감수성의 모가지를
왼쪽으로 꺾습니다.
돌아보니 아무도 없습니다
보이는 것은 모두
내 눈에는 보이지 않는 것들

누가 내 감수성의 모가지를
왼쪽으로 계속 꺾습니다
오른쪽의 세계에서 자꾸 멀어지는
내 눈과 코와 귀
내 눈의 눈과
코의 코와 귀의 귀

돌아봐도 아무도 없습니다.
앞·뒤·옆 어느 쪽에도
아무도 없습니다.
보이는 것은 모두 내 눈에는
보이지 않는 눈
보이지 않는 주먹

# 더럽게 인사하기


나라는 존재가 포함된 우리와, 우리라는 이 집합
명사 속에 포함된 나와, 거기다가 또 술 마시고 개판
치고 얼렁뚱땅하고 우거지 잡탕모양 더럽게 끓기도
잘 끓는 육체 속의 나와,

이조(李朝) 때 어떻게 어떻게 경상남도 밀양군 삼
랑진읍 용전리까지 흘러든 유민의 새끼인 나와, 술
집에 앉아 어처구니없는 헛소리를 10년이 지겹도록
목구멍으로 밀어넣고 있는 나와,
그런 나와 나 사이에 뚫린 쥐구멍으로 눈을 반짝
이고 지나다니며 사람인 나를 겁내기는커녕 겁 안
나, 겁 안 나? 하는 쥐새끼들을 앞에 놓고 분통을 터
뜨리는 나와,

이렇게 술집에 앉아서 인사하기
어이, 잘 있었냐, 우거지 잡탕 나君!
어이, 잘 있었냐, 유민의 새끼 나君!
어이 어이, 잘 있었냐,

10년이 지겹도록 헛소리를 목구멍으로 밀어넣는
나君!

# 우리들의 어린 왕자

뒷집 타일 공장의 경식이에게 동그라미를 그려 보
였더니 동그라미라 하고
연탄장수 김 노인의 손주 명하는 쓰레기를 쓰레기
라 하고
K식품 회사 손 계장의 딸 연희는 빵을 보고 빵이
라 하고 연희 동생 연주는
돼지새끼를 보고 돼지새끼라고 했다.

다시 한 번 물어봐도 경식이는
동그라미를 동그라미라 하고
명하는 쓰레기를 쓰레기라 하고
연희는 빵이라 하고 연주는 돼지새끼라 한다.
또다시 물으니 묻는 내가 우습다고 히히닥하며
나를 피해 다른 골목을 찾는다.

정답 만세!
그리고 정답 아닌 다른 대답을 못 하는
우리들 어린 왕자와 공주에게 만세 부르는 우리의
어른들 만세!

# 끈


## 1

내 몸은 온통 투명한 끈으로 묶여 있다. 다시 보면
내가 묶여 있는 게 아니라 내 몸이 끈을 키운다. 끈
은 끈답게 내 몸의 가장 질긴 곳에 뿌리를 내리고 질
긴 피와 질긴 살과 질긴 쾌락을 먹는다. 끈을 가위로
잘라보면 내가 아프다. 귀를 기울이면 그들의 숨소
리가 들리고 나와 마주치면 허리를 펴며 웃기도 한
다. 몸을 움직여보면 아무렇지도 않다. 이렇게 많은
끈에 묶여 있는데도 내 몸은 참 자유롭다.


## 2

끈은 자라면서 잎을 매단다. 나의 미친 눈짓 하나
에 한 잎, 나의 미친 손짓 하나에 한 잎, 햇빛 속에
고개를 내밀고 탄소동화작용도 한다. 탄소와 산소와
물이 아니라 만남의 탄소와 헤어짐의 산소, 또는 때
달음의 탄소와 죽음의 산소, 언어의 물과 사랑의 물

이 햇빛 아래 함께 모여 펼치는 뒤죽박죽의 잔치. 하늘 천막, 바람 깃발, 바람 손님 ─ 뒤죽박죽의 잔치에는 항상 내 몸이 제물로 놓인다. 그때마다 나는 갈증을 느낀다. 나는 한 잔의 보리차를 마시면서 등나무의 아름다움이 등나무의 튼튼한 줄기와 무성한 덩굴이듯 나의 아름다움이 등나무의 튼튼한 줄기와 무성한 덩굴이듯 나의 아름다움인 나의 끈과 그 덩굴이 키운 잎의 그늘 속에 내가 있음을 본다.

　─나의 아름다움, 그러나 나의 적이여.
　나는 그러나 또한 보고 있다.
　이미 아름다운 것은 모두 위험함을.

Ⅲ. 1978~1979

# 그렇게 몇 포기

길이란 우리들 습관의 다른 이름

길에는 풀이 나지 않습니다
우리들 고정 관념에 향기 한 줌
나지 않듯 그렇게.

그러나 길에도 풀이 납니다
실수처럼
그렇게 몇 포기
모진 꿈처럼
그렇게 몇 포기.

그러나 길에도 풀이 납니다.
여기 한 포기
저기 한 포기
미친년처럼 그렇게 몇 포기.

# 시간의 사랑과 슬픔

시간에게도 인격이 있고 꿈이 있고
슬픔이 있습니다
시간에게도 오늘이 있고 내일이 있고
사랑이 있습니다.

시간의 마음을 몰라주는 것은
사람들뿐입니다.

마음이 너무 좋은 시간은, 예를 들면 마음이 헤픈
여자 같아, 이 남자에게 한 번 저 남자에게 한 번 모
든 남자에게 한 번 때와 장소를 가리지 않고 몸을 허
락했습니다. 이 남자에게 하나, 저 남자에게 하나,
서울에서 하나, 안양에서 하나, 이렇게 하나, 저렇게
하나, 몸속의 욕망을 있는 대로 다 허락해버린 지금,
시간의 몸은 투명해질 대로 투명해져
이제 시간은 공기 같은 존재입니다.

우리의 말이 그러하고

뜻이 그러하고
꿈이 그러하듯

이제, 그녀의 몸을 한번 안아보려면 그녀와 하룻
밤을 자고 간 이 남자에게 하나, 저 남자에게 하나,
이렇게 흩어진 그녀의 욕망을 다 불러 모아 허벅지
에게는 허벅지의 욕망을, 젖가슴에게는 젖가슴의
욕망을, 욕망과 욕망이 제자리에 있도록 해주어야
합니다.

## 동화의 말

동화를 쓰고 싶습니다. 동화 속에서는 안 되는 게 없기 때문입니다. 안 되는 게 없는 세계! 거지가 왕자가 되고, 잭의 콩나무가 하늘나라까지 자라 잭은 하늘나라까지 갔다 오고,

동화를 쓰고 싶습니다. 옛날에 왕이 한 분 살았는데, 이야기가 저절로 될 듯합니다. 안 되는 게 없는 세계! 그러나 나는 동화의 말을 다 잊어버린 사실을 알았습니다. 내가 사는 곳은 왕도 왕자도 공주도 없기 때문입니다. 나는 엊저녁에 이런 동화를 썼습니다. 왜냐고요? 다른 사람들이나 몰래 안 되는 게 없는 세계를 가지면 나만 손해니까요.

옛날옛날에 어느 한 나라의 왕이
말을 사용하지 못하도록 하는
법을 만들었습니다

법을 만드는 건 옛날엔

왕의 권한이었습니다
얼마 후 사람들은 말을
모두 잊어버렸습니다

얼마 후 사람들은 모두
백성들이여 내 말을 들으라 하는
왕의 말을 못 알아들었습니다

내가 지나가면 고개 숙이라는 말을
못 알아들었습니다

왕이라는 말이 도대체 무슨 뜻인지
잊어버렸습니다

그 후 그 사람들의 자자손손인
나도 여러분도 모두 말을 잊어버렸으므로
말을 쓰면 안 됩니다

이건 법입니다

(그렇지만, 이건 동화가 아니지요?
나는 동화의 말을 잊어버렸습니다)

## 그것 참, 글쎄……

나는 월급을 받고 사는 월급쟁이이므로, 다시 말하자면 월급이 허용하고 혹 월급이 허용하더라도 사람이란 미래를 생각하는 동물이므로 조금 떼내어 계를 들어놓고 그 나머지로 보고, 듣고, 생각하는 사람이므로

사실, 국민학교에 다니는 4학년짜리 기집애와 1학년짜리 사내녀석 몫으로 녀석들이 대학이라도 나와야 어디에서 밥을 먹고 살 테니까 고만큼 떼내어 정기적금을 들어놓고 그 나머지로 보고, 듣고, 생각하는 사람이므로

어디 그것뿐입니까, 이 조그마한 집도 집이라고 살 때 남에게 빌린 돈이 기백이라 그것 갚기 위해 몇 군데 계를 따로 들어놓았으니까 그만큼 또 떼내어놓고 보면, 그 나머지로 보고 듣고 이야기할 게 뭐 있을지 없을지, 그것 참, 글쎄……

# 70년대의 유행가

우리가 만난 것은 안개 속에서였다. 그리고 우리가 처음 마주친 것도 안개였고 겨울이었다. 겨울은 숨어서 세계를 빙점하(氷點下)로 끌어내리고 안개는 끌려가는 즉시 가볍게 얼어서 돌아왔다. 안개는 '우리'였고 '나'였고 '이웃'이었다. 몇몇은 빙점하로 돌아온 그것들 위에 보란 듯이 방뇨했다. 나는 그들을 보며 낄낄 웃었다. 그러나 그 웃음소리는 옆의 사람에게 가기 전에 얼어붙어서 안개와 합류했다. 간혹 내 발앞에 떨어지기도 했다.

우리에게 안개는 그 자체가 길이었다. 벽과 안개에 미친 우리들. 안개는 손과 손을 잡고 가는 우리들을 잡은 손만 남기고 모두 지워버렸다. 얼굴이 없는 손과 손의 행렬. 외로운 우리는 「안개」 또는 「겨울」이라는 유행가를 만들어 때 없이 불렀다. 유행가는 부르는 대로 안개가 되어 되돌아왔다. 얼굴을 볼 수 없으므로 우리는 되돌아가버린 사람들도 옆에 있으리라 믿었다. 아는 것은 안개뿐. 돌아가버린 사람들의 자리는 다시 깨어나지 않도록 겨울은 백치(白痴)의 이불을 두껍게 내려깔았다. 겨울은 갈수록 하얗게 눈으로 덮이기 시작했다.

주막은 어느 것이나 두 눈만 안개 속에 내놓고 있었다. 백치의 겨울.

소문을 안주 삼아 깡소주를 마시며 '겨울이여, 겨울이여' 하고 노래하면 여자들은 너무 쉽게 반했다. 너무 쉽게 반하는 여자들, 나는 그것이 재미있어 함부로 옷을 벗었다. 주막마다 '먼 곳에 여인의 옷 벗는 소리'가 겨울을 더욱 깊게 했다. 그때마다 나는 흘러간 옛 노래를 다시 불렀다.

서러움이 정말 서러운 것은
자신의 서러움이 깨끗하지 못하다는 점이다
서러움이 정말 서러운 것은
자신이 왜 서러운 존재인지 어느덧 모르게 되었다는 점이다

모르고도 계속 이날까지 서러움이었고
서러우면서도 계속 서러움이었다는 점이다

겨울은 갈수록 우리의 육체를 얼려서 작아지게 하
고 작아지지 않은 육체는 누군가가 망치로 부수었
다. 사방으로 튕기어 흩어지는 언 것의 조각들. 눈이
내리고 그것은 눈이 내리고 그것은 눈이 되어 지상
에 정착했다. 눈이 내려서 하얗게 된 세계, 더러움과
사기와 오물과 그것의 흔적이 깨끗이 덮여버린 땅.
나는 냄새나는 것들이 그리웠다. 겨울은 더욱 깊어
지고 흰 빛깔에 하얗게 바래 색맹이 다 된 나의 눈을
보고 안개는 조금씩 방심하기 시작했다. 위험! 나는
흘러간 옛 노래를 다시 불렀다.

서러움이 정말 서러운 것은
서러움의 서러울 권리가 남에게 있지 않고
서러움에게 있기 때문이다.
서러움이 정말 서러운 것은

모든 서러움이 서러움 앞에 평등하고
평등하기 때문에 왜 평등해야 하는지 어느덧
모르게 되었다는 점이다
모르고도 계속 이날까지 서러움이었고
그래서 더러운 서러움이었다는 점이다

# 등촌동화

옛날, 1978년이라는 아주 오랜 옛날
한 사내가 살았다.
수도 서울의 변두리
강서구 등촌동 산기슭에
그가 변두리 주민임을 알려주기 위해
매일 밤중에만 잠깐 찾아오는
수돗물과
수도꼭지가 있는 곳에서.

그는 월급쟁이였다.
만원 버스를 기다리며
만원 버스를 기다리며 선 그 앞을
너무 빨리 지나가는 자가용을
쳐다보며.

그는 가끔 떠밀려 다니다
만원 버스 속에서
단추나 구두끈 하나쯤 잃었다.

그때마다 그는 잃어버린
그 단추나 구두끈의 안부를 묻기 위해
내려선 그곳에서 오오래
떨어진 단추나 구두끈이 되었다.
길이 길로 끝나도록 오오래.

그에게는 그의 단추가 단추가 아니었다.
그에게는 그의 구두끈이 구두끈이 아니었다.
그에게는 그의 단추와 그의 구두끈이
그의 몸의 자유 의사와 자유 의지였다.

옛날, 1978년이라는 아주 오랜 옛날
한 사내가 살았다.
떨어진 단추같이 끈 없이 줄 없이
동그랗게 조그맣게.
수도 서울의 변두리
강서구 등촌동 산기슭에
그러나 단단하게 단추답게.

# 어떤 도둑
──이청준에게


늘 무엇에 궁핍한 자들이 시인이고 그래서 늘 도둑질을 하는 자들이 시인이고 도둑질할 세 눈에 살 띄지 않으면 때로는 느닷없는 슬픔의 원리를 훔치기도 하는 자들이 시인인데

그도 시인이라 늘 도둑질을 하고 있다 그는 자부심이 강한 시인이라 솔직하게 도둑질한 물건으로 그의 세계를 지배하며 살 거라고 제 스스로 고백하기도 하고

소문을 훔쳐서 보따리를 풀고 물건 될 만한 건 모조리 챙겨 팔아먹고는 그 나머지 위에다 소변을 한바탕 내깔기며 우리를 보고 빙긋 웃기로 하고 남도의 창 한 가락을 훔쳐 밤새 그 창을 따라가서 한 가닥 창이 남도의 길을 아직도 왜 미치게 인도하는가를 제 혼자 창에게 물으며 함께 밤을 가기도 한다

며칠 전 나는 그와 함께 나나 그의 천국도 아닌 당

신들의 천국에서 만났다 그는 그날따라 오랜만에 좀
멀리 왔음을 스스로 아는지 좀 피곤한 얼굴을 하고
하늘과 나라가 만나기도 하고 만나지 않기도 하는
지점에 서서 거기 서 있는 우상(偶像)의 신경 조직을
모두 훔쳐 날더러 가지지 않겠느냐고 내밀었다 나는
내가 도둑질할 물건이 따로 있어 그냥 가지고 가라
고 웃었다.

## 어떤 감동파

남자들은 좀 추상적인 데가 있다는
그것 때문에
남자들은 좀 엉뚱한 데가 있다는
그것 때문에
가끔 내가 남자들은 사랑스러워
라고 생각하는 일도 있긴 하지만

그 보이지 않는 세계를 믿기보다는
나는 대개 속으로 웃으면서
그들이 내 배 위에서 껄떡거릴 동안
콧구멍을 후비거나 손톱 밑의 때를 팠다
그러나 그것도 잠시뿐

나는 대개 그들이 내놓을 돈의 액수와
나의 짐작의 결과가
어디쯤에서 만날 것인가를
생긴 꼴과 노는 꼴을 함께 보면서
나의 짐작에서 얼마나 자유로울 것인가를 생각하며

옆방 년과 가기로 한
무주 구천동이나 홍도의 버스 값에 차질이나 없
기를
빨리 끝내주는 그것보다 더
간절히 희망했다
그곳에도 방이 있고
남자들이야 있긴 있겠지만

　―뭐라고요, 독한 년?
더러운 년이라구요?
설마 날 보고 하는 소리를 정말
아니겠지요?

생각보다 많은 돈이 내 손에
쥐여졌을 때의 그 신선하고도 확실한 행복!
나는 잠시 진심으로 감사하고
잠시 남자들이 사랑스럽다고 생각하고

쥐여진 지폐를 다시 한 번 헤아리며
감동파인 나는 노래한다 허밍으로

―가로수 푸른 길 발걸음 가볍게……

# 색깔이 하나뿐인 곳에서의 인간의 노래

그해는 유달리 많은 눈이 내렸다. 축복이라는 이름의, 은총이라는 이름의, 순수라는 이름의 흰 눈이 쌓인 눈 위에 다시 쌓이고, 쌓인 그 위에 다시 내리곤 했다.

세계는 하나로 귀일(歸一)하기 시작했다. 개, 돼지, 사람, 정열, 이념, 모두 하나의 색깔로 곱게 물들기 시작했다. 흰색 단지 그 하나뿐인 겨울의 땅. 그 위로 계속해서 축복이라고, 은총이라고, 순수라고 우리에게 속삭이며 눈발은 퍼부었다.

다른 색은 지하로 깊이 묻히고 사람들은 다른 색이 있다는 사실을 잊어버리기 시작했다. 눈이 쌓일수록 사람들은 다른 것들로부터 하얗게 마비되어갔다. 색이 하나뿐인 곳의 겨울은 그래서 추위도 하나로 귀의(歸依)해 추웠다.

그런 겨울의 눈이 계속 내리다 잠깐 멈춘 어느 날,

남편의 한 손을 잡고 한 여자가 죽었다. 어떤 색에도 속하지 않아 어떤 빛깔도 없던 그녀의 삶, 그녀의 마지막 말도 그냥 그렇게 구질구질했다.

　—당신, 내복을 갈아입어야 할 땐데.

# 어떤 갠 날의 엽서
　── 한 대학에 보낸 축시

발전이라는 말에게는 미래가 중요한 게 아니라
발전이라는 말에게 진정으로 중요한 것은
발전으로 보이지 않는
골목과 노점과
노점을 노점답게 하는
노점 뒤의 낡은 벽보판이듯

존 덴버니 밥 딜런이니 낸시 시나트라, 손 캐시니
앤디 깁이니 하는
외국 가수의 이름이나
로베르 블랭, 호메이니, 아라파트, 마카파갈이니
하는 외국 정치가의 이름을
자기 집 족보보다 잘 외는 것이
진보이기도 하고 진보가 아니기도 하듯
이 축시라는 형태의 몇 줄의 글이 반드시
대학의 진보와 사랑을 예증하는 문헌이 되기도 하
고 안 되기도
하는 것을 보는 사람처럼

누가 한 사람 있어

미래라든가 발전이라든가 문화라든가 하는 말을
위해

대학의 그 본관 건물 뒷구석에 있는

한 낙서의 상상력을 읽을 줄 안다면 얼마나 좋으랴

그 낡은 낙서의 한 획에서

흑인 여가수 도나 서머의 쉰 목소리에서 성적 매
력을 건져내는 그것보다도 더한

이란의 바니 사드르 외상의 경력에서 보수주의의
흔적을 건져내는 그것보다도 더한

발전의 이끼와 비린내와 향기를 건져낼 수 있을
것을


그 사실을 건져내는 것이 젊음이고

문화이고 대학이고 다시 한 번 젊음인 것을

33년 동안 그 자리에 서 있는 교실의 창문들이 그
것을 보고

흰 이빨을 드러내고 웃을 것이고

33년 동안 침묵한 벼들이 저희들끼리 마주 보며
웃을 것이고

결국 낙서가 무엇인지 무엇을 의미하는 말이며

발전이라는 말이 환원 논법이 아니라

웃음이라든가 향기라든가 부드러움인 것을 알 터
인데

그래서 대학이란 얼마나 근사한 이름이며

그래서 외국 가수의 이름이나 정치가의 이름보다
더 감미로운 게 있다는 사실을 위해

대학은 여기 반드시 있어야 하고 또 있음을 알 터
인데

# 그 말 그대로


사랑하는 사람에게 우리는 모두
사랑이라는 말 하나로
사랑한다, 사랑한다고 한다.
그 말을 그대로 옮겨
사랑한다, 사랑한다고 한다.


그래서 자유는 신성하고 봄은
잔인하다.
다방에서 레지를 기쁘게 하는 가장
좋은 방법을 알고 있는데, 그것은
그녀의 옆구리를 슬쩍 건드리며
귀에다 대고 '사랑해!' 하는 일이다.
나는 지금 사랑을 말하고 있지만 사실은 사랑이
숨긴
섬세한 아픔을 얘기하고 있다고
믿어도 좋다.
이성계나 고종이 용포(龍袍)를 걸치고 높은 자리
에 앉아

그들의 마누라나 궁녀(宮女)에게 윙크했을 모습은
나를 항상 행복하게 한다.

나를 항상 행복하게 한다.
해방 직후 엉망인 인쇄술과 맞춤법이.
쇼와 13년의 우리나라 구문이
당당한 얼굴을 할 때는 이유가 있다.
사랑이 수천 년 동안 말해지고, 또 사랑이
오고 가고 했음에도 불구하고 사랑이
인간 앞에 아직도 신선한 것은
인간이 사랑 속에 숨겨놓은 게 있기 때문이지만,

사랑하는 사람의 이름으로 우리 모두 사랑을 말하듯
우리 모두 자기의 이름을 사랑으로 말하는 게 가
능한 것도
사랑의 숨김 때문이지만,
말해보아라 너는 무엇을 숨겨두었느냐
사랑아, 너는 무엇을 숨겨두었느냐.

# 살풀이

길 위에 길 있고
길 위에 또 길 있어
—그럼, 그렇지

그 길로 내 가보니
말뚝이 하나
—그럼, 그렇지

나보다 먼저 와
앞산이 가깝네
—그거, 안됐군

꿈 위에 꿈 있고
꿈 위에 또 꿈 있어
—그럼, 그렇지

그 꿈을 쌓다 보니
밤이 다 모자라네

—그럼, 그렇지

　그 꿈을 쌓다 보니
　짠지맛이 다 가네
　　　—그거, 안됐군

IV. 1969~1977

## 소주 한잔하게 하소서

10월에는 죽은 자들이 다시는
돌아오지 않게 하소서.
돌아오지 않게 죽어서
우리에게 다른 우리로 가는 고통을
없게 하소서.
골목에서 우리가 다른 우리로 가는 소리가
우리의 짧은 잠을 깨우고
창문을 깨우고 이슬을 깨우고 달빛을 깨우고
마지막에는 밤과 하늘까지 깨우는 소리가
되지 않게 하소서.

10월에는 산 자들이 홀로
사색하며 잠들며 그 사색의
편협한 소로(小路)와 의견을
만나게 하소서.
소로(小路)에서 그리고 방구석에서
10월에 죽을 자와 친하고 10월에
죽을 자와 농담할 여유가 생긴 사람은

용산이나 광화문에서
나와 소주 한잔하게 하소서.

# 시흥에서


시흥이 그곳에 있어 시흥의 개명초 한 무더기는 그곳에 태어났다.

시흥이 그곳에 있어 시흥의 시간은 그곳에 살았다.

시흥이 그곳에 있어 시흥 사람은 도깨비바늘을 옷에다 달고 소금쟁이 구절초 달개비와 말을 주고받았다.

시흥이 그곳에 있어 용산과 견지동은 멀리 서 있고 남의 돈을 떼어먹고 도망 온 서울 여자와 나는 시흥의 물 위를 떠돌았다.

떠돌다가 서울에서 다시 만났다.

시흥이 그곳에 있어 시흥 밖에서 우리는 서로 시흥의 얼굴을 보았다.

# 아프리카

　가뭄으로 나자마자 시들시들 곧 노인이 된 아프리
카의 한 아이 사진을 보면서, 흔들흔들 젓가락 같은
다리로 그래도 직립 동물이라고 끝까지 서서 찍은
사진을 내가 보면서, 문득 내가 어떤 한 사람을 사랑
하고 있다는 사실을 깨닫는 이 느닷없음과 죄송함,
이 아픔의 터무니없는 만남을 어이할꼬.

　내가 어떤 한 사람을 사랑하는 일은 이 시대의 이
상도 희망도 좌절도 아니라고, 내가 어떤 한 사람을
사랑하는 일은 치사한 개인주의라고, 개인주의란 이
기주의라고, 이기주의는 사소한 탐닉이고 사소한 탐
닉이란 가치가 없다고, 가치가 없는 것은 무의미하
다고, 이렇게 나를 논리적으로 설득해도 내가 사랑
하고 있는 일은 사랑의 일로 남아 사랑의 일이 여기
있다 하니, 이 사랑의 비극 저 아프리카의 비극을 어
이할꼬.

　거리의 태양은 어떻든 빛나고 거리를 걷는 사람들

의 단추도 어떻든 빛나고 빛나는 것은 모두 어디서
나 빛나는데, 이 빛나는 거리에서 빛나지 않으려는
것은 더 빛나지 않으려고 하는, 저 지랄 같은 사랑의
그림자.

## 씨앗은 씨방에 넣어 보관하고

씨앗은 씨방에 넣어 보관하고

나뭇가지 사이에 걸려 있는 바람은 잔디 위에 내려놓고

밤에 볼 꿈은 새벽 2시쯤 놓아두고

그다음 오늘이 할 일은 두 눈을 지그시 감고 생각에 잠기는 일이다

가을은 가을 텃밭에 묻어놓고

구름은 말려서 하늘 높이 올려놓고

몇 송이 코스모스를 길가에 계속 피게 해놓고

그다음 오늘이 할 일은 다가오는 겨울이 섭섭하지 않도록

하루 한 걸음씩 하루 한 걸음씩 마중 가는 일이다

# 밀양강
## ― 고향 이야기

내가 스스로 깨달을 때까지
어른들은 아무도
말해주지 않았다.
밀양강에 대해서는.

삼복 더위에도 얼음이 언다는
얼음골,
나라에 큰일이 생겼을 때
땀을 흘린다는
사명당 비석,
나라에 기쁜 일이 생겼을 때
나타난다는 태극나비,
동해에서 만 마리의 고기가 날아와
절을 이루었다는 만어사의
자라는 바위,
이 풀 길 없는 여러 가지 밀양의 이야기는
들려주었어도

아무도 말해주지 않았다
말없이 흐르는
밀양강에 대해서는.
영남루에 올라가 보아도
거울같이 잔잔한 밀양강은
말이 없었다.
내려가서 강가에 앉아도
흐르기만, 조용히 흐르기만 했다.

어른이 된 후에야
나는 알 수 있었다
밀양강이 무엇을 하는지.
밀양강은 밀양이 시키는 대로
들을 돌며
벼 이삭을 골라 익히고,
과수원에 가서는
사과와 복숭아에까지 찾아가
물을 가만가만 올려주고 있었다.

흐르면서
밀양의 잉어, 붕어, 뱀장어
끼리끼리 살찌게 하고,
밀양의 조약돌을
반짝반짝 윤이 나게 하고,
밀양의 모래알을
금빛으로 닦고.

영남루 밑에 와서는
사명대사와 아랑낭자에게
잠깐 고개 숙이고
산기슭에 가서는
밀양의 나룻배를 가만히 띄웠다.

그리고 나는 보았다.
잠 아니 오는 밤에
사명당 비각을 돌아서

내가 강가에 다다랐을 때

낙동강과 만나려고

밤에도

밤에도

흐르는 밀양강을.

# 누이 분득(分得)


창녕 조(曺)씨 문중으로 시집간 누이 복돌이
시집가긴 갔어도 복은 이름에게 주고
돌로 조씨 문중 집 뜰에 구르는 누이
내 집 뜰에는 조씨 문중의 돌이라
색깔이 희미한 누이
간혹 내 집 뜰에서 굴러도 남의 돌이라
구르는 소리조차 약한 돌이 복돌이


보내달라는 화장품은 보내 주마. 화장품 회사에
다니는 동생이 어떻게든 구해 보내 주마. 보내 주는
건 나의 문제지만,
　너의 거칠어진 피부는 화장품에게 사정하면 어떻
게 해결이 되겠지만,
　아스트린젠트는 그러나 너의 눈빛과는 상관없는
화장품이다
　에몰리엔트도 족보가 먼 화장품이다
　슈퍼란크림도 사정은 마찬가지다

네 편지가 닿는 날은 운수 사납게도 날씨가 너무
좋아

16절 을지(乙紙) 앞뒤 가득 찬 너의 잔글씨에게는
날씨가 너무 좋아

글자들이 얼굴 내밀기를 서로 꺼려하는 광경이

가난한 복돌이보다 더 복돌이답지 않아서 나는

내가 아는 여자 복돌이보다 더 복돌이답지 않아서
나는

# 경쾌함 속의 완만함

### 김 치 수
(문학평론가)

오규원의 시집 『이 땅에 씌어지는 서정시』를 읽으면 최근에 쉬워지고 있는 한국 시의 한 경향이 발견되고 있는 것 같다. 난삽한 단어나 이미지가 거의 눈에 띄지 않는 오규원의 시들은 상당히 경쾌한 리듬에 의존하면서 우리가 일상적으로 보고 들을 수 있는 언어와 시청각적 이미지들로 가득 차 있다. 그래서 오규원의 시를 읽으면 우리 주변에서 볼 수 있는 일상적인 장면들이 쉽게 우리의 눈앞에 전개된다.

그러나 그러한 시들을 읽고 난 다음에 다시 생각하게 되는 것은 우리 자신의 일상 속에서 우리가 의식하지 않고, 혹은 의식하지 못하고 지나가는 삶의 모습 뒤에 감추어진 것의 존재이다. 이것은 시의 언어가 쉬워졌다고 해서 시 자체가 쉬워진 것은 아님을 말해주는 중요한 예이다. 왜냐하면 오규원의 시들이 지닌 평이한 외양은 어디까지나 외양일 뿐 시인의 시적 조작을 거친 언어의 깊은 뒤틀림을 동반하고 있기 때문이다. 그 뒤틀림은 여기에서 사용된 '조작'이라는 어휘로 인해 자칫하면 '꾸밈'으로 오인될 수도 있지만, 사실은 일상적 언어가 시적인 질서 속에서 새로운 의미를 갖게 되는 데서 겪는 필연적인 결과이다. 흔히 쉬운 시가 '있는 그대로의' 언어의 사용이라고 생각하는 오해는 여기에서 유래한다. 그러나 오규원의 시는 일상적 언어를 사용한다기보다는 일상적인 언어에 새로운 질서를 부여하는 것이다. 실제로 시를 창조한다고 하는 것은 우리가 일상적으로 사용하고 있는 언어들에 새로운 질서감을 부여함으로써 일상 언어 자체가 가지고 있는 의미를 벗어나서 새로운 의미를 태어나게 하는 데 있다. 그런 뜻에서 시란 엄격한 의미에서 창조된 것이라기보다는 언어의 뒤틀림을 통한 새로운 질서를 발견하는 것이라고 할 수도 있다. 가령 오규원의 시 「거울」 전문을 읽어보자.

누가 거울을 하이타이로 깨끗이 빨아버렸나 봅니다.

거울 속에 들어가 어디 사람이 없나 하고 '야호' 하고 소리를 지르니까 거울 속의 누가 내 소리도 하이타이로 빨아버립니다.

그래도 다시 '야호' '야호' 하니까 이번에는 하이타이로 빨아버린 소리를 보란 듯이 빨랫줄에 척척 걸어놓습니다.

거울 속은 닭 한 마리 울지 않는 대낮입니다. 거울 속에 들어간 내 얼굴도 하얀 빨래로 걸려 있습니다.

누가 내 얼굴을 혹시 빨래 뒤에 두었는가 싶어 뒤져보아 도 없습니다.

나는 크레파스를 집어 들고, 눈, 코, 귀, 입, 이렇게 차례로 내 얼굴을 다시 그립니다. 얼굴 뒤에다 우리 동네의 집도 몇 채 그립니다.

내가 그린 얼굴은 그러나 눈은 이마에, 코는 턱에, 입은 이웃집 지붕에 그려집니다. 내 안에서 누가 붓끝을 잡고 장난하는 까닭입니다.
내가 웃으니까 이웃집 지붕에 붙어 있는 입이 웃습니다.

이럴 때는 차라리 내 입이 웃는 게 아니라 이웃집 지붕에 붙어 있는 입이 웃는 것이 내 얼굴에도 어울립니다.

이상의 「거울」이라는 시를 연상시키는 이 시는 거울을

들여다보는 자신의 모습이 자신의 일상적인 정황 속에서 개별성으로 존재하는 것이 아니라 융합되고 있음을 자각하는 형태로 그려져 있다. "이럴 때는 차라리 내 입이 웃는 게 아니라 이웃집 지붕에 붙어 있는 입이 웃는 것이 내 얼굴에도 어울립니다"라고 하는 것은 거울이 지닌 우화적인 요소를 통해서 자신의 모습을 발견하고 있는 것이다. 다분히 동요적 혹은 우화적인 요소가 가미되어 있는 것으로 보이는 이러한 시적 진술은 그러나 그 내면에 깔려 있는 보이지 않는 고백을 담고 있다. 그것은 여기에서의 거울을 가령 '시'로 바꾸어놓으면 쉽게 이해될 수 있는 것처럼 보인다. 또 "거울 속의 누가 내 소리도 하이타이로 빨아버립니다"에서 '내 소리'를 시로 바꾸어도 표백된 시를 이야기해준다. 시인 자신의 개성 있는 육성을 시로 써보아도 그것이 시인의 일상적인 삶 속에 융합되어버림으로써 일상으로부터 빠져나오고자 하는 시인의 희원은 무산되어버린다. 여기에서 시인은 일상/시인이라는 대립관계를 벗어나 그 일상의 참다운 의미를 읽어내려는 의지를 갖게 된다. 그 때문에 오규원의 시에는 많은 일상이 시적 이미지의 주류를 형성하고 있는 것이다.

그러나 그러한 일상은 시인 자신의 깊은 관찰을 통해서 삶의 진정한 모습을 드러내주는 데 기여하게 된다. 그러한 예는 다음과 같은 시를 읽으면 분명해진다.

죽음은 버스를 타러 가다가
걷기가 귀찮아서 택시를 탔다

나는 할 일이 많아
죽음은 쉽게
택시를 탄 이유를 찾았다

죽음은 일을 하다가 일보다
우선 한잔하기로 했다

생각해보기 전에 우선 한잔하고
한잔하다가 취하면
내일 생각해보기로 했다

내가 무슨 충신이라고
죽음은 쉽게
내일 생각해보기로 한 이유를 찾았다

술을 한잔하다가 죽음은
내일 생각해보기로 한 것도
귀찮아서
내일 생각해보기로 한 생각도
그만두기로 했다

술이 약간 된 죽음은

집에 와서 TV를 켜놓고

내일은 주말 여행을 가야겠다고 생각했다


건강이 제일이지—

죽음은 자기 말에 긍정의 뜻으로

고개를 두어 번 끄덕이고는

그래, 신문에도 그렇게 났었지

하고 중얼거렸다

　　　　　　　　—「이 시대의 죽음 또는 우화」 전문


　여기에서 '죽음'이라는 단어를 '시인'으로 바꿔놓으면
이 시는 시인의 일상을 그대로 드러내놓게 된다. 버스를
타려다 택시를 타면서도 "할 일이 많아"라는 이유를 찾
아내고 생각을 뒤로 미루며 술을 한잔하면서도 "내가 무
슨 충신이라고"라는 이유를 찾아낸다. 그래서 술이 취하
면 "내일 생각해보기로 한 생각도 그만두기로 했다." 이
러한 시인의 의식의 고갈 상태는, 거울 속에 비친 자아가
끊임없이 일상 속에 묻혀 버리는 것과 같은 시인 자신의
'패배'의 경험에서 유래하고 있는 것이다. 그 패배는 자신
의 일상과의 대결마저도 "내가 무슨 충신이라고"와 같은
깊은 절망을 낳는 것이다. 그리고 그러한 절망의 이유 중

하나가 이 시의 맨 끝에 나타나고 있다. 즉 "건강이 제일이지"라고 한 다음에 나오는 "신문에도 그렇게 났었지"라는 긍정 같은 부정이 그것이다. 시인은 모든 신문이 '건강 비법'을 싣고 있는 세계 속에 살고 있는 것이다. 이것은 시인이 살고 있는 세계가 삶의 내용에 대해서 질문하는 것이 아니라 육체적 건강에만 관심을 기울이고 있음을 인식한 것이다. 그래서 이 절망적인 세계에 대해서 시인은 자신의 삶이 그러한 메커니즘 속에서 벗어나려고 하는 것마저도 절망적인 것으로 깨닫고 있는 것이다. 그때문에 시인은 택시를 타면서도 쉽게 자신을 합리화시키고, 생각을 미루면서도 쉽게 합리화시키는 이유를 발견하게 된다. 그러나 그것은 시인의 순응주의를 긍정하기 위한 것이 아니라 부정하기 위한 것이다. 그것은 시인 대신에 '죽음'을 사용하고 있는 것으로도 충분히 알 수 있다. 다시 말하면 그러한 '죽음'이 '건강'을 유지하고 있는 자신의 일상으로부터 시인은 절망적으로 빠져나오고자 하는 열망을 밑에 감추고 있는 것이다. 그렇기 때문에 시인은 자신을 '죽음'으로 대신해서 부르고 있다.

시인이 자신의 '죽음'을 본다고 하는 것은 '삶'이 어디에, 어떤 상태에 있는지 의식하고 있는 것이다. 「골목에서」라는 시를 읽으면 시인은 자기 자신과 아이들을 대립시키고 있다. 위에서 본 것과 같은 시인 자신은 모든 것을 '바라보는' 입장에 있는 자신을 깨닫는다. 반면에 골목에서 노는 아이들은 '아무것도 바라보지 않는 눈'을 가지고 있다. 이러한 아이들의 눈을 시인은 "가장 불길한, 가장 불길한 눈이다"라고 말한다. 아이들의 눈은 말하자면 아직 일상의 때가 묻지 않은, 그래서 다른 어느 것도 보지 않는 순수한 눈이다. 그래서 아이들의 놀이는 그 자체가 절대적인 것이며 무상적인 것이지만 그들이 일상의 물결 속에 휩쓸릴 때 언제나 두 가지 가능성을 갖게 된다. 그것은 시인 자신의 지금의 자아처럼 '건강 비결'을 가르쳐주는 신문의 상황 속으로 함몰되거나 그렇지 않으면 자신의 불행을 의식함으로써 끝없는 절망에 빠져버리는 가능성인 것이다. 그 때문에 시인은 아이들의 눈을 불길한 눈으로 생각한다.

아이들이 놀고 있다. 골목에서
바로 내 코앞에서 놀고 있다
저 끝이 없을 것 같은 아이들의 놀이,
저것이야말로 언젠가는 끝이 날
가장 불길한, 불길한 놀이이다.
——「골목에서」마지막 연

'언젠가는 끝이 날' 놀이여서 불길하다고 하는 것은 그들의 생명이 '죽음'으로 바뀔 가능성 때문이다. 그러한 이유로 인해 "나의 아버지와 나의 아버지의 아버지가/나의 적이듯 마땅히 나는 그들의 적이다"라고 말한다.

그러나 시인에게 '죽음'이란 몰라서 빠지게 되는 함정
이 아니다. 그것은 있는 줄 알면서도 빠질 수밖에 없는 함
정이기 때문에 시인의 비극적인 운명이 된다. "밝힐 수
없다고 해서 그것이/사실이 아니라고 말할 수 없듯"(「우
리 집의 그 무엇엔가」)이 시인에게 진실은 수사관이 요구
하는 진실과는 다르다. 현실 속에서 요구되는 사실과 시
인의 상상력 속에서 요구되는 사실 사이의 간극이 말하
자면 시인에게 인식된 '죽음'이기 때문에 여기에서 말하
는 '죽음'은 시인의 상상력 속에 현전하는 것이다.

　　식구들이 모두 잠든 어둠 속에서
　　막힌 숨통이 녀석을 깨우면
　　녀석의 눈은 고양이모양 은밀하게 번쩍인다.
　　소리도 없이 거실에 나타나서는
　　이곳저곳에 놓아둔 기관지 확장제를 찾아 먹는다.

　　그때마다 나는 잠을 깨고
　　그때마다 내가 할 수 있는 일은
　　함께 깨서 서성거리는 것뿐.
　　이런 나를 보고 녀석은 어른이 된다.
　　나의 아들이 나의 아버지가 되어
　　가서 자라고 나를 타이른다.

죽음이란 별게 아니다.
분명히 이렇게 있음을 알면서도
이렇게 헛짚기만 하는 일.
숨통이 막히어 손톱이 드디어 파래지면
아홉 살짜리도 죽음이 보이는지
목소리가, 목소리가
낮게 낮게 가라앉는다.
                    ─「우리 집의 그 무엇엔가」 부분

  여기에서 분명히 볼 수 있는 것처럼 '어른/아이'의 대
립은 '죽음/삶'의 대립이다. 아홉 살짜리의 '어린아이'가
'가서 자라고' 타이르는 것은 아이 속에 어른의 요소가 자
리 잡고 있는 것이다. 그래서 시인은 "나의 아들이 나의
아버지가 되어"라고 말한다. 이것은 "나의 아버지와 나
의 아버지의 아버지가/나의 적이듯 마땅히 나는 그들의
적이다"라고 하는 구절과 들어맞는다. 그렇기 때문에 '죽
음이란 별게' 아니라 우리 자신의 내면에 늘 있는 것이다.
아니 우리 자신의 일상 속에 늘 있는 것이다. 다만 '분명
이 이렇게 있음을 알면서도/이렇게 헛짚기만 하는' 것 때
문에 '죽음'은 우리 자신에게 의식되지 않고 있는 것이다.
그래서 「빈약한 상상력 속에서」에서는 시인의 '어제' '오
늘' '내일'이 예견되는 일상성 속에 잠겨 있는 것이다. "이

모든 것을 사랑의 이름으로 나는 갈구했고, 그리고/사랑
의 말에는 모두 구린내가 나기를 희망했다"라고 하지만
그러한 일상성 속에서 그것은 잊힐 수밖에 없는 것이다.

그러나 오규원은, 그처럼 확고부동하고 굉장한 힘을
지닌 일상성이 "정답 아닌 다른 대답을 못 하는"(「우리들
의 어린 왕자」) 아이들을 만들고 있는 사회를 형성하고 있
는 것에 대해서 일상성의 질서를 깨뜨리고 있다. 그 깨뜨
림은 일상적 언어가 지닌 견고성을 부수는 것으로 드러
난다. 그것은 겉으로 드러난 일상의 견고성이 가짜 견고
성이기 때문에 극복의 대상이 되는 것임을 의미한다.

빈자리도 빈자리가 드나들
빈자리가 필요하다
질서도 문화도
질서와 문화가 드나들 질서와 문화의
빈자리가 필요하다.

지식도 지식이 드나들 지식의
빈자리가 필요하고
나도 내가 드나들 나의
빈자리가 필요하다

친구들이여

내가 드나들 자리가 없으면

나의 어리석음이라도 드나들

빈자리가 어디 한구석 필요하다

— 「빈자리가 필요하다」

거의 동어반복으로 보이는 이 시에서 "빈자리"는 말하
자면 일상의 견고성이 가지고 있는 도덕적 성질과 효용
적 가치에 대한 대립 개념이다. 시의 본질을 무상적 행위
로 생각하고 있는 시인의 의식 속에서 도덕적이고 효용
적인 일상의 견고성은 깨뜨려야 할 우상이 된다. 왜냐하
면 가장 고도의 시적 정신은 도덕적이고 효용적인 가치
를 떠났을 때 전복적인 기능을 수행할 수 있는 것이지 그
렇지 않을 경우에는 그러한 일상성에 수렴되어버리기 때
문이다. 그래서 시인은 우리가 이미 기지의 사실로 받아
들이고 있는 것들에 대해서 거의 '말장난'이라고 보일 정
도로 극단적인 흔들림이 일어나게 한다. "어둠은 역시 자
세히 봐도 어둡다/라고 말하면 사람들은 말장난이라고
나를 욕한다"고 하는 시인의 고백은 "어두운 게 어둠이
므로 날 본 태양도 어둠이다"라고 하는 얼핏 보면 역설
같은 시인의 깊은 관찰을 '말장난'으로 돌려버리는 세계
속에서의 시인의 고통과 절망을 말해준다. 따라서 "보이
는 것은 모두 내 눈에는/보이지 않는 눈/보이지 않는 주
먹"(「보이는 것과 보이지 않는 것」)이라는 시인과 일상의

간극은 인정받지 못하게 된다.

그러나 이러한 시인의 절망이 시인의 노력을 포기하게 하지는 않는다. 그것은 시인 자신이 자신의 무력한 언어와의 절망적인 싸움을 계속하는 데서 얻어진 것이다. 이 시인의 싸움이 절망적인 것은 일상적인 언어 자체에 아무런 견고성이 없는 것을 아는 데서 연유할 뿐만 아니라 그 견고하지 않은 언어로 된 현실을 '안녕'의 표본인 것처럼 착각하고 있는 데서도 연유한다. 그렇기 때문에 오규원은 '문'이라든가 '시계'라든가 '창문'이라든가 하는 수많은 일상적 사물을 뒤틀리게 하고 있으며, 동시에 "진리란, 하고 누가 점잖게 말한다/믿음이란, 하고 또 누가 점잖게 말한다/진리가 믿음이 그렇게 점잖게 말해질 수 있다면/아, 나는 하품을 하겠다"라고 극단적인 비꼼을 말하면서 '우리 시대의 순수시'를 쓰고자 한다. 그에게 순수시는 순진한 '아이들의 눈'과 '놀이'가 불길한 것처럼 불온한 것이다. 왜냐하면 순수시는 절대적인 시로서 다른 것을 '바라보지 않기' 때문이다.

그러나 이러한 그의 시가 읽고 있는 동안에는 아무런 심각성을 느끼게 만들지 않는다. 그것은 시인 자신이 사용하고 있는 경쾌한 이미지와, 동어반복에 유사한 속도감 있는 리듬 때문이다. 바꾸어 말하면 시인 자신이 의식의 패배를 정면으로 다루지 않고 고도의 시적 조작으로 다루고 있기 때문이다. 그럼에도 불구하고 오규원의 시를 읽고 난 다음에 돌아보게 되는 현실은 희극 속에 내재하고 있는 비극성을 짙게 풍긴다. 그것은 말을 다루는 시인의 의식이 말을 떠나서 혹은 말의 탐구를 떠나서 존재할 수 없다는 오규원의 시적 정신의 높이를 말해준다. 그의 시가 지닌 힘은, 읽을 때 우리를 즐겁게 하면서도 나중에 고통을 느끼게 만드는, 완만한 감동에 있는 것 같다.

밤사이, 그래 대문들도 안녕하구나
도로도, 도로를 달리는 차들도
차의 바퀴도, 차 안의 의자도
광화문도 덕수궁도 안녕하구나

어째서 그러나 안녕한 것이 이토록 나의 눈에는 생소하냐
어째서 안녕한 것이 이다지도 나의 눈에는 우스꽝스런
풍경이냐
문화사적으로 본다면 안녕과 안녕 사이로 흐르는
저것은 보수주의의 징그러운 미소인데

안녕한 벽, 안녕한 뜰, 안녕한 문짝
그것 말고도 안녕한 창문, 안녕한 창문 사이로 언뜻 보여
주고 가는 안녕한 성희(性戱)……
어째서 이토록 다들 안녕한 것이 나에게는 생소하냐
　　　　　　　　　　　　　　　 ―「우리 시대의 순수시」 부분

오규원의 시가 지닌 이러한 아이러니는 두고두고 음미
해볼 만하다. ▨